オペリペリケプ百姓譚

Norio Tokita

時田則雄歌集

短歌研究社

オペリペリケプ百姓譚——目次

オペリペリケプ百姓譚

Ⅰ

日本の先住民族であるアイヌの人たちは、私の住む帯広を「オペリペリケプ」と呼んでゐた。アイヌ語地名の第一人者山田秀三によると、「オ・ペリペリケ・プ」とは、「帯広川が十勝川に入る川尻が、何条にも分かれていたので、『女陰が・割れ割れている・もの（川）』」

森の上を鯨のやうな雲がゆくさうだよ夢はまだ続くのだ

にんげんの臭ひが強くなりて来ぬ指の先からじわりじわりと

鋭《と》きひかり宿せる心土破砕機の爪の先端春に真向かふ

心土＝作土の下層の土壌

ウリガレップ原野の少年であつたころ蛇もてふてふもともだちだつた

ウリガレップ＝アイヌ語地名＝数箇所に捕つた魚を集める所。集場

水がうまい、空気がうまい　そりやさうだ　オペリペリケプの樹なのだ　俺は

白樺の霧氷華やぐ丘の上歩めり長き影を引きつつ

神はわが裡にありさらばわれをこそ頼みに今日を拓きゆくべし

両手両足農具のやうに動かして来しゆゑか関節よき音がする

鉞にて楢の丸太を割りたれば水の匂ひのしばし漂ふ

立ちしまま冬を越え来しながぐつがわれを招きてゐるなり朝

劇中劇椅子に凭れて観てをりぬひらりひらりと雪の舞ふ午後

ゆふべ狐の祭ありしや　雪の上の無数の足跡踊れるごとし

雪を黄に染めつつ牛の糞尿を散布してゐる男がゐるぞ

やはらかき雪を照らせる満月を仰ぎをり一本の鉄棒となり

つんのめるやうに歩けるその訳は重たき物を担ぎたるゆゑ

春泥のこびりつきたる長靴を履きゐる妻の顔新しき

届きたる土佐文旦が輝きてゐるなり朝の下駄箱の上

融雪剤散布されたるあたりより麦の緑の日毎ひろがる

整備されて戻りて来たるトラクターのエンジン音に心弾めり

雨の降るゆふべとどきし新聞をひらけば人間のにほひするなり

春は一気に足の裏からやつて来て俺は力の塊となる

俺は走る　白骨となるその日まで柳青めるゆふぐれである

〈別府墓地清掃係〉とびつきり気に入つてゐる肩書きである

別府＝帯広市別府町

立ち上がれ　さあ行け　走れ　修正液なんぞは不要　六十三歳

春は母も多忙なるらし昼休み大口開けて眠りゐるなり

ゆるやかなカーブを示す標識に従へば心もカーブするなり

星空をジェット機が行く黄の光点滅させつつ一直線に

一つ屋根の下に暮らすは母と妻と娘とわれと三匹の猫

立てば右に傾く体軀思考右へかたむきゐるといふにあらねど

ねぢれたるまま生きてゐる仙人掌に水を注ぎてゐるなり妻が

夕風に十本の指泳がせてゐるなり今日もよく働きし

石の上を滑るがごとく流れゆく風ありかすかに水の音たて

石になる風になることだつてある六十三年生きて来たのだ

定温庫のなかにて冬を過ごしたる長芋の種子芽を光らする

くたびれし軍手をはめて長芋の土落しをり窓の陽のなか

薬液に長芋の種子浸しをり灰褐色の泡ながめつつ

春の陽に種子長芋の切断面鋭く光りわれに真対かふ

仕事より解放されて寝てをれば母が毛布を掛けてくれたり

風を掬つてゐるのか猫はももいろの耳をゆつくり動かしながら

春泥に溜りし水に映りゐる雲の茜に見惚れてをりぬ

山の端に沈みてゆける太陽の時間にしばし心解るる

トラクターに軽油を注ぎつつわれは今日の仕事を手繰りてをりぬ

農繁の春といふのに雪が降り鏡の中の顔は不機嫌

七五調に呑まれてならぬ大空に雲が浮かんでゐる朝である

ここは北緯四十三度石たちも春が来たれば花を咲かせる

Ⅱ

影を脱ぎて漂ひゐたる鳥の声朝の光の中ゆ聞こえ来

太陽を追ひかけながら生きてきた　さうだよ俺は百姓である

太陽が昇りきたれば植物もわれもゆつくり面をあぐる

函館に桜前線到来し十勝のわれは心忙しも

わが同志みどり色なるトラクター心土砕きつつ今日も踏ん張る

ジョン・コルトレーン体軀に浴びながら深夜畑を起こしてゐるぞ

ペルシュロンの一歩一歩が甦る流るる雲をながめてあれば

ペルシュロン＝フランスのペルシュロン地方原産の大型農耕馬

十坪ほどのビニールハウスの野菜たちは母の友だち競ひて伸びる

一分ほど石の浮きゐるそのわけはてふてふひらひら纏ひつくゆゑ

鼻眼鏡掛けて時計を組み立ててをりしよ丸き日溜りの中

朝の光に傾いてゐる赤い椅子父の椅子父はこの世にゐない

じつと闇を凝視したれば浮かび来ぬじつと動かぬ眼光ふたつ

目を閉ぢて今日も黙つて立つてゐるお主何者　ただものぢやない

鉄工所の主《あるじ》朝からバーナーの青き光に顔照らしをり

豚糞を積みたるダンプカーが行く曲りくねりし朝の坂道

dolmen dolmen　よき響きなり永遠に眠り続けてゐたくなるなり

dolmen ＝巨石を使用した墓のひとつ

雨にけぶる〈帯広・八千代A遺跡〉縄文びとの声の聞こえ来

サルナシの真白き花が咲きをりぬゆふべの闇に灯れるやうに

花に耳近づけたれば水の音聞こえる青き月の夜だよ

融雪水含みたる土鋤きたれば水のやうなる光を反す

雑草は己の匂ひを漂はせ茂りゐるなり大空の下

ウレガベとは「平安の処」よきところ土を耕し生きて来たのだ

ウレガベ＝アイヌ語

沖合ひに白き船体　波の上の白き鷗にたづねたきあり

漂へるニッポンの昼　為政者がテレビのなかで欠伸してゐる

女のやうな声にて唄ふ歌手のゐて列島少しづつ溶けてゐる

山形の寒村生まれの母の道たどりゐるなり雲を追ひつつ

真四角の窓より面《つら》を突き出して母が見てをり黄の満月を

薪小屋に積まれし樽の切断面が語りゐるなり森の歳月

河を跨ぎ森を跨ぎて延びてゆく高圧線とつながる心

春の土に真一文字を印しつつバックホーゆつくりと移動するなり

バックホー＝土木工事等で穴や溝を掘る機械

やはらかき土に芽吹きし馬鈴薯のさみどり雨に濡れて輝く

朧なる空のなかから聞こえ来る雲雀の声の一途なりけり

湖のやうなる春の空のなか流離ふ鳥あり弟ならむ

除草剤の酸ゆき臭ひに包まれて人参畑を行つたり来たり

表のみさらして石は果つるまで動かぬ雨の日も風の日も

ブラキストン・ライン以北の文化論農協青年部員に講ず

ブラキストン・ライン＝T・M・ブラキストンによつて
発見され、津軽海峡に引かれた動物分布境界線

堆肥撒くとなりの息子はよき息子オーバーオールが良く似合ふなり

蜘蛛の巣にかかりし蝶を解放すみどりの風のささやける午後

右に傾き左の脚を右に伸ばし腕組み今日も眠りにつきぬ

腕のやうな枝を広げて立つてゐる柏おまへも頑固者だよ

プラウにて反転されし青粘土月の光に艶めきてをり

プラウ＝洋式の犂《すき》

一斉に長芋の種子二十万個芽吹きぬどれもこれもむらさき

Ⅲ

母の襁褓取り替へてまた畑に出る馬鈴薯が俺を待つてゐるのだ

細りたる母の背を束子もて洗ひをり昔の話をしつつ

母の手を引きつつ廊下を渡りゆく母の歩調に合はせゆつくり

新しき軍手の匂ひのやさしさに励まされつつハンドル握る

緑の畝三百メートル行き来して日が暮れぬ薯はよき匂ひなり

あぢさゐの薄むらさきの花を打つあしたの雨の眩しかりけり

ゆつくりと庭を耕してゐし父の顔が浮かび来　哲人の顔

雨が止みてくわつと光の射したればてのひらひらく植物のごと

太陽を追ひつつ伸びる長芋は蔓の先端震はせながら

透明な風《レラ》のなかにてもつれあふてふてふ白い花びらである
レラ＝アイヌ語

山の向かう側より湧けるひとすぢの雲に明日の夢を見てをり

競ひつつ譲りつつ木は森になる競ひつつわれは何になるらむ

倒れたる母を乗せたる救急車漆黒の闇を潜りゆくなり

雨に濡れて咲く麦の花のあはき黄の微かに震へてゐる夕べなり

母の不在の部屋の窓辺の椅子の上猫がしよんぼり座りゐるなり

母の入退院が始まつた。

菜園に母の影なし茄子の葉の濃きむらさきの俯きてをり

穏やかな顔して母の眠りをれば声をかけずに帰りて来たり

薄暗き農薬庫より赤蟻の出で来ぬ淡き影を引きつつ

軽トラにアスパラガスを積みて行くせいねんの顔今日も眩しき

今日はよく語れる母の口元に耳近づけて頷きてをり

耳元で母が言ふなり大根にトマトに水をやりて来しかと

殺菌剤を浴びてふるへる人参の緑眩しいたそがれである

目を瞑れば木乃伊《ミイラ》化したる列島が波に浸食されて漂ふ

風を呼び光をまとひ渦を巻き室伏広治声放り上ぐ

ひさしぶりに飲めば焼酎音たてて咽を一気に下りて行きぬ

雑草も花を咲かせてゐるぞ　さあ　骨を鳴らして働くのだよ
なにゆゑに百姓をしてゐるのかと問はるれば答ふ　大いなる遊び

コンバイン波打つ麦の穂呑みながら轟きぬ星のきらめく深夜

コンバイン操る茶髪のせいねんの眉間を照らし陽が昇りきぬ

麦稈ロール十個ほど積みしトレーラー白き路面を傾ぎつつ行く

麦稈ロール＝収穫後の小麦の茎を家畜の寝藁にするために直径1メートルほどのロール状にしたもの

プラウにて鋤かれし土の裏側のほんのりと赤み帯びてゐるなり

口を割らぬ扁平の石　さうなのだ　俺も話したくないことがある

突つ張つて生きて来たのだそれゆゑに貧乏つたらしい歌は詠はぬ

蜘蛛の巣にからまれて風に揺れてゐる蝶ありコスモスの咲きゐる窓辺

風の色はもう秋の色薄の穂にあきつ止まりて翅休めをり

ロータリーハローに均されし土の面に樺の葉いちまい舞ひ降りにけり

ロータリーハロー＝回転式整地砕土機

秋風が額に向かつて吹いてゐる　ひたすら朝から麦蒔いてゐる

馬鈴薯のめんこい面を眺めつつハーベスターに揺られてをりぬ
ハーベスター＝収穫機

完璧に輝く場所はどこにある薯掘つてゐる　ここだよ　ここだ

脱穀機より躍りつつ出て来たる小豆は水の結晶である

六トンの小豆積みたるダンプカー農協めざして走らせてをり

朝の陽にホップの花のかがよふを眺めをり妻は口を開きて

青鷺のつがひいきなり舞ひ上がる河畔の緑の森のなかより

山の端に陽がゆつくり沈みし後黄の満月が昇りて来たり

Ⅳ

いつも隣にゐる人それは妻といふひとなり今日は窓磨きをり

地下に根を大空に枝を伸ばし木は一歩たりとも動かぬ構へ
葉をなべて地に還したる唐松の風にまかせて揺れてゐるなり

アカシアは刺太らせて冬に対くわれは両腕戦がせてゐる

冬はもうそこに来てゐるイタリアンポプラは今日も曇天を突く

新しき命を今日も摑まむと地下足袋の小鉤引きぬ　ぐいっと

陽光を浴びて育ちし人参の収穫完了　三百トン余

日がな一日黄のバックホー唸らせて一心不乱　長芋を掘る

抜き取りし五十トン余の長芋の出荷済ませて洞穴となる

農場を跨ぎて虹のかかりしと妻と娘が声はづまする

霜柱もろとも畑鋤きをればよつたよつたと烏寄り来る

トラクターのタイヤの跡に溜りたる雨水を照らす白き満月

錆びつきし歯車ふたつ草の上にころがりてをり寄り添ふやうに

着地点定まらざるや降る雪の右へふうはり左へひらり

腕を組み脚を組み椅子に凭れゐる組むものわれにあと何がある

ニッポンを拓く男はどこにゐる村のはづれで穴掘つてゐる

食料自給率上げるといふ論聞くたびに思ふぞ　今さら　いまさら　何だ

深海魚に似てゐるかわれ漆黒の闇をゆつくりくぐりゆくなり

雪ふれば雪に浮かび来背をまるめ韋駄天のごと走り行くわれ

農協の整備工場に運ばるるトラクター家族のやうに見送る

静止せしまま春を待つダンプカーのハンドル窓の陽に艶めける

椴松《とどまつ》の氷雨に濡れて立つ見れば浮かび来鉞かざしゐし父

雷鳴のとどろく聞けば筋骨が躍れり冬を越えてぞ行かむ

暗渠よりあふるる水の透明に土の力を知らされてをり

今年わが十大ニュースのそのひとつ　月と石との会話を聞いた

新雪を踏める一歩のうれしかり　二歩、三歩、五歩、陽が昇りくる

御神籤は凶なればむしろ心地良し今年も大地を闊歩するべし

山の端に侵食さるる太陽を見てをり今日を引き摺りながら

どんど焼きの炎を囲む顔七つ　七つの道を刻み来し顔

格納庫に積まれし肥料四十トン雪のあかりに包まれてをり

農協より届きし「農薬申込書」の青き表紙に膨らむ明日

農協の整備工場で新年を迎へしトラクターに会ひに行きたり

とけながら雫をこぼす氷柱たち溶けずに終はる人生もある

願はくば石になりたし角削げし石になりたし　しんしんと雪

しんしんと降る雪見つつ思ひをり父のぬくもり馬のぬくもり

雪の降る窓辺で営農計画書作成しをり秋に対かひて

農場の北の外れの一角に播かむ人参十ヘクタール

アパシリの湖底遺跡を想ひつつ眺めてをりぬ猩紅の空

アパシリ＝網走＝アイヌ語＝我等が発見した島

てのひらに舞ひ降りて来て水になる雪の一途にこころ洗はる

二尺余の雪を押すトラクター踏ん張れふんばれ俺もふんばる

力瘤にちからを溜めて過ごすのだ陽炎の立つ日までひたすら

薄く長く林檎の皮を剝く妻の指をながめる猫といふ奴

銀色の芽を膨らます猫柳如月も早なかば過ぎたり

ふり向けば影に呑まれる　ブルドーザー黒煙上げてゐる朝である

V

小刻みに歩める母の丸き背が語れり百姓ひとすぢの道

母に会ひに白き廊下を歩みゆくゆふべ靴音ひびかせながら

少しづつ壊れゐる母野は今日も春の光のあふるるとふに

杳き日の野火の炎の浮かび来ぬやさしき雨の音聞きをれば

少し傾き鏡の中で立つてゐる壊れはじめて来たのであるか

ナイフもて長芋の種子切断すひと日五千個今日で五万個

長芋の種子二十トン切り終へて春の力のさらに膨らむ

クロッカスいきなり花を咲かせたり水霜ひかりゐる庭先に

水嶺の歌碑のめぐりのクロッカス眩しき色を競ひゐるなり

水嶺＝わが歌の師、野原水嶺

つまり樹は水の柱だ　大空にみどりの炎吹き上げて立つ

労働の汗をシャワーに流しゐる俺もいっぽんの水の柱だ

千頭の牛飼ふ野郎のむじやむじやの髭を肴に飲んでゐるのだ

東京の桜のたより聞きながら眺めてをりぬ窓の夕月

哲学は　蹠《あなうら》ゆ湧く黒土を踏み締めながら生きて来たのだ

石よ、石　俺はおまへに千年も前に出会つたやうな気がする

凍結のゆるまぬ心土砕きつつトラクター黒き煙噴き上ぐ

三連プラウに反転さるる火山灰土月のあかりにほのかに匂ふ

日毎夜毎麦はみどりを深めつつ伸びをり空を抱けるやうに

鍬を担ぎ李の花を仰ぎゐし母の姿のなつかしきかな

トラクターのエンジンの鍵紛失し途方に暮れてゐる夢を見き

長芋の支柱立て機の放つ音日がな一日空に響きぬ

夕闇を開きてかすかに咲いてゐる連翹の花妻と見てゐる

新しき機械のペンキ匂ふなり淡き光の差しゐる窓辺

福島原発の放射能が漏れ、二首。

置き去りにされたる牛の虚ろな目眺めてあれば涙零るる

ある日突然滅亡するか人類は放射能空を海を漂ふ

よく笑ふ男と並んで飲んでゐる　月がぼんやり霞んでゐるぞ

最高のしあはせとふはするりんと夢の世界へ墜ちてゆくとき

円座して出面《でめん》四人と茶をすするぼんやりかすむ大空の下

出面＝day men

重粘土のこびりつきたる長靴を履きて男が訪ねて来たり

乾燥鶏糞散布したれば目のめぐり鼻のめぐりのほんのり黒し

煤色のエンジンオイルぬきてをりゴム手袋を光らせながら

光の粒をあつめて走る春の川大きくうねる海になるのだ

むらさきの野火の煙にかすみゐし父逝きてはや十年経たり

歯車を回す歯車緩慢にまはりゐるなり音も立てずに

露に濡れしジーパン穿きしせいねんがアスパラガスを届けてくれぬ

雨の午後宅急便にて届きたり雨の匂ひの漂ふ封書

『噴火湾アイヌの捕鯨』といふ古書にとつぷり浸つてゐるなり深夜

エダマメの栽培技術講習会　面《つら》出して耳傾けてをり

深夜、ジャズ聴きつつハンドル握りをりいちめん薯の花咲かさむと

樹は今日も直立不動　枝をひろげて風が来るのを待つてゐるのだ

いつの日か煙となりて消えてゆくと思ひぬ十日ほど入院し

影をみてゐておもふなり影よりも淡く過ごせり雨の一日

ながいながいトンネル潜つて来たやうな気がする間もなく六十五歳

Ⅵ

それ以上赤くはなれぬチューリップ咲きをり太陽仰ぎひたすら

アカシアの花を眺めてゐてあれば魂ほろりと零れさうなり

『歎異抄』第三章くりかへし読みをり雨の音を聞きつつ

母に手をひかれて行きし森の道辛夷の花の浮かび来るなり

丘ひとつ包めるやうに馬鈴薯のうすむらさきの花あふれをり

つぎつぎと蟻が穴から這ひ出して働きはじめたり炎天下

キャタピラーに踏み潰されても立ち上がる草の力に励まされゐつ

移民初代祖父母の眠る墓地に来て聞きをりひたすら鳴く蟬の声

蟬時雨　青い空だよ　傾いてゐるのは電信柱だけじゃない

糞暑い午後だよだらりと送電線空の彼方に続いてゐるよ

目を閉ぢて明日をゑがくあすもまた麦の畑に汗流しをり

年毎に百姓の顔になりてゆくせいねんたちと仰ぐ大空

ぶつとほし三十二時間働きし手を朝の陽にひらきてをりぬ

牛たちは鼻光らせてチモシーを食みをり丘の上に集ひて

チモシー＝禾本科の牧草

麦熟れて共同の力結集す　日焼け面　ショベルのやうなてのひら

コンバイン朝から朝へ轟きぬ二千トンの麦を収穫せむと

トラックのハンドルに凭れて眠りたりコンバイン闇に轟く深夜

青い空　いづれするりとこの軀からぬけてゆくのか魂とやらは

銀色に輝くシャワーを浴びてゐる麦畑より深夜もどりて

農基法以後のニッポン列島は山河窶《やつ》れて腐臭ただよふ

農基法＝農業基本法。昭和三十六年施行。自立農民育成のため小農切り捨てや離農促進等が盛り込まれてゐる

ニッポンはとろけてゐるぞ　仁王のやうな積乱雲が浮かんでゐるぞ

作物とは作るものぞと教はりぬ堆肥と化学肥料ほどこし

アブラムシ撲滅せむと薬剤を噴射してをりあしたの空へ

麦藁帽子被りし髭の老人が坂の上に佇ち雲ながめをり

百姓道四十五年駆けて来た　ふりむけば影に呑まれてしまふ

妻が眠りし後も働く洗濯機ぶつぶつひとりごとを言ひつつ

森の上に昇りて来たる赤き月土の同志と眺めてをりぬ

妻と娘が肩を並べて歩みゐる　何を企みてゐるのであるか

牛飼ひも鉢巻をして働いてゐるぞじんじんじんじん　蟬時雨

素つ裸で泳いだあの日あの空が懐かしいのだ　水の音する

腕を組みて「さうなんだべか」と言つてゐた奴の笑顔が近づいて来る

空を裂くためにぞ伸びてゐるならむ椴《とど》の木の秀の鋭く光る

ひと日われは汗の臭ひにつつまれて影生みてをり小麦畑に

散髪屋の鏡の中で腕を組み大欠伸せり顔歪めつつ

吐き出した煙草のけむりの紫のもつれて今日を曖昧にする

人参の淡きみどりを濡らしつつ殺菌剤が虹ゑがきをり

人参の畑よりもどり来し妻が甘き匂ひを漂はせてをり

穂孕み期迎へし小麦に殺菌剤散布してをり朝の陽の中

緑肥用ひまはり花を咲かせつつ鋤き込まるる日待ちてゐるなり

二度と家には帰れぬ母か水色の風吹く窓辺に眠りゐるなり

Ⅶ

ひさしぶりに眺めてみたり妻の顔ゑくぼの形いまも変はらぬ

白猫がひたひたと水飲んでゐる朝が静かに近づいて来る

垂直に降る雨見つつ酌んでゐるだあれもゐない真昼間である

祖父の齢超したれど今日も走りゐるされど祖父にはまだ追ひつけぬ

土は必ず応へてくれる雨に打たれ陽にさらされて働きたれば

三日三晩かけて播きたる小麦なり二十二ヘクタール緑あふるる

朝露に濡れし小麦のさみどりを踏み締めて立つヤッケの娘

朝まだき煙ゆつたりと流れ行く凍えし地表を覆へるやうに

緑肥燕麦七ヘクタール鋤き込みて帰りきぬ黄の満月を背に

長き脚ぶらさげて蚊が漂つてゐるぞかつたるい午後である

よく働くてのひら二枚指十本石鹼の泡に溺れゐるなり

純白の皿に盛られしおけさ柿朝の光に包まれてをり

黄ばみたる科《しな》の葉を打つ雨の音足の裏より聞こえくるなり

母に会ひに片道二十三キロ余小さき笑顔の風に浮かび来

細りたる母がものいふゆふぐれの水面のやうな表情をして

われの目を覗きつつ母が呟きぬ　「わしの息子だ忘れるものか」

廃屋のめぐりに咲けるコスモスの花のくれなゐ眼に痛し

吐く息もたちまち凍る午前四時バックホーと俺一体となる

朝の日を浴びつつ唸るバックホー　今日も一万本長芋穫らむ

空を彫るトッタベツ岳　トラクター唸らせて俺は今日を彫りゐる

トッタベツ岳＝日高山脈の雄峰。標高１９５５メートル。「トッタベツ」はアイヌ語で「箱川」

ストーンピッカーを引くトラクター二百馬力轟音あげてゐる朝である

ストーンピッカー＝除礫機

握り飯食ひつつ深夜ハンドルを回しをり凍土鋤き返さむと

十年後、七十五歳　糞力しぼりて大地裏返しゐむ

洗はれて春が来るのを待つてゐるトラクター冷たき鉄に戻りて

八ヶ月余野良仕事したこの体軀今日から空つぽのドラム缶だよ

橙の南瓜がふたつ睦まじく並びゐるなり机の上に

着脹れし妻が大根抱へつつ歩みくるなり凩の中

母の顔を包む朝の陽しあはせとはさうだよ丸く膨らんでゐる

窓の陽を浴びゐるキャベツの断面ゆ顕ち来ぬ杳きとほき日の母

凩のなかに立ちゐし父の貌浮かび来枯葉のきらめく見れば

背伸びして母を待ちゐしあのころに戻りたし夕陽眺めてあれば

ねぢれたる錆釘いつぽん立つてゐる朽ちはじめたる板に斜めに
白骨となるその日まで百姓をすると決めしがぐらついてゐる

曇天の二つに割れてふりそそぐ光の束の眩しかりけり

やはらかき光あびつつ立ちをれば脚より石になりてゆくなり

百姓の道を歩んで来た母だ　満足さうに眠つてゐるぞ

馬の眼を眺めてをれば聞こえ来る沓き昔のせせらぎの音

地下足袋も退屈であるほのぐらき闇を宿してしぼみてをりぬ

皺みたるまま凍りたる庭土に朝の光のしづかにそそぐ

銭金も明日も不要　雪にゆき静かに積るゆふぐれである

老眼鏡かけて夕刊読みをりぬ捩れ歪みてゐてこそ浮世

口を大きく開けて笑へる男あり小暗き穴のやうなその顔

凍りつきたる靴の跡続きをり庭のはづれの農機具庫まで

Ⅷ

白も黒もみぎもひだりも抱へ込み走り続けて来たり今年も

薄ら氷を渡れるやうに生きて来しと思ふ箸にて骨拾ひつつ

樹も石も俺も沈黙　春までの距離測りつつ空眺めつつ

窓際の孔雀仙人掌の赤き花に陽がとどき今日が動きはじめぬ

働かぬ冬のてのひら胼胝が消え運命線が現れて来ぬ

地吹雪を散らして十屯ダンプカー赤き客土を運び行くなり

椴松《とどまつ》は雪の上に淡き影伸ばし凜と立ちをり元日の朝

新聞紙の上を歩める冬の蠅文字よりも濃き影を引きつつ

東京より帰り来し娘の後背に自信とふ字の浮きてゐるなり

夜も昼も刺は増殖してゐるか刺ある言葉今日も吐きたり

大空を翔けゆく鳥をながめつつ人間であること忘れをり

遠き旅に行きて帰らぬ人の名を数へてをりぬ湯に浸りつつ

眼を閉ぢれば光の帯だシアンルル　俺もゆつくり流れてゆくぞ

シアンルル＝アイヌ語＝十勝川

鍬の一撃食らひぱつくりと凍土は黒き口ひらきたり

新しき営農計画書に浮かぶ春の大地の麦の直列

氷点下二十三度なるこの朝鼻の先より凍えはじめぬ

右の手よおまへは働きものである大きくひらき思ふつくづく

ブルドーザー朝ゆ押し押す雪を押す地球の芯をふるはせながら

いまごろは土に潜りて眠りゐむキムンカムイも春を待ちつつ

キムンカムイ＝アイヌ語＝ヒグマ

電卓を叩く中指の先端へ神経たちが走つてゐるぞ

十日ほど数字の海を泳ぎつつ確定申告書提出したり

光りつつなびく穂薄俺はどおんと胡坐をかいて春を待つのだ

巨大なるパワーショベルを運びゆくトレーラー雪を煙らせながら

バックホー唸らせて雪の山砕く黙つてゐては春は来ないぞ

ゆつくりと雲が流れる午後である　心の中はもう春である

くたびれし軍手が冬の陽を浴びてゐるなり春の音が聞こゆる

裸木の星を翳してゆらめくを見てをりわれも揺らめきにつつ

雪の上ののっぺらぼうの影の主　まさか俺ではあるまい　まさか

ジンギスカン鍋を囲める百姓の面《つら》のひとつぞ　扁平の面

朝の散歩いつものやうに突つ立つて電信柱はなにも言はない

日毎日毎大空の色春めきて来たぞ　さあ　腕　さあ　伸びて行け

オニグルミの太き腕《かひな》に陽の差してエゾリス光りつつ現れぬ

春を呼んでゐるのだ朝から雪上車融雪剤を扇状に撒く

母の顔覗けば「今日は帰る」とふ息子としては哀しかりけり

細くなりし母の腕を摩りつつ見てをり白きひとひらの雲

銀色の雫たらしてゐるつらら氷柱にはつららの哀しみありや

湯に浸り病床の母を思ひをり母亡きのちの空気の色も

ホッチャレのやうな体《たい》ではあるけれど大破するまで走るのだ　それ

ホッチャレ＝産卵を終へた落鮭

耳を澄ませばどどーんどどんと鳴つてゐるオペリペリケプにまた春が来る

あとがき

本集は『ポロシリ』に続く第十歌集である。平成二十二年五月から同二十四年四月まで、「短歌研究」に八回にわたって連載した「オペリペリケプ百姓譚」の二百四十首に、他誌に発表した作品の中から選んだ百首を加え、八章に分けて再編集した。七頁でも記したが、歌集名の「オペリペリケプ」はアイヌ語で、「帯広川が十勝川に入る川尻が何条にも分かれていたので、オ・ペリペリケ・プ『女陰が・割れ割れている・もの(川)』」である。アイヌ民族の自然に対する感性の豊かさに心魅かれた。

編集しながら思ったことは二つある。一つは作品の大方が棒切れのようにゴツゴツとしていて、滑らかでないということだ。もともと私はがさつな人間なのだから仕方のないことである。いやまて、五十年近くも短歌とつきあっているのだから、滑らかな歌は作ろうとすればいくらでも出来る。しかし、それは私にしてみれば七五調に酔ったものが多く、本来の私とは無縁のもののように思われて来る。もう一つは相変わらず同じような言葉を使っているということだ。それは、毎年毎年、同じ農場で同じ作物を栽培し、同じ機械を使って体を動かしているからだが、勉強不足は否めない。

本集が出る頃、私は六十六歳になっている。それを機に筋骨に活を入れ、太田水穂の『短歌立言』「生涯を貫くの精進―生涯連作論」を再度肝に銘じ、更に佐佐木幸綱のいう「短歌を敗北者の所有物にしてはならない。きびしく人間を肯定し、人間の健康さを激しくうたいあげる基本的な、しかし、根本的な作業を僕らは為してゆかねばならない」(「奪いかえせ」)を再々度心にしっかりと刻み、白骨となる日まで、百姓と歌の道を歩いて行きたいと思っている。私の農場は〈私〉の劇場だ。〈私〉の歌はそこから生まれる。生涯連作。いざ!人生。

十勝在住の三澤吏佐子氏は汚い原稿を整理してくれた。よき同志がいることは幸せである。装訂は、間村俊一氏が引き受けて下さった。写真撮影は鬼海弘雄氏である。どのような顔の歌集になるだろう。とても楽しみである。

最後になったが、連載の場を与えて下さった上、本集の出版にも力を尽して下さった「短歌研究」編集長の堀山和子氏に心から感謝を申し上げる次第である。

平成二十四年六月七日

ポロシリ庵にて

時田則雄

時田則雄（ときたのりお）

1946年　帯広生まれ。北海道立帯広農業高校を経て帯広畜産大学別科（草地畜産専修）修了。農場経営。総面積66ha。
1980年　第26回角川短歌賞。
1999年　第35回短歌研究賞。
日本文藝家協会会員。現代歌人協会会員。

第１歌集『北方論』（第26回現代歌人協会賞　雁書館・1982年）
第２歌集『緑野疾走』（雁書館・1985年）
第３歌集『凍土漂泊』（第２回北海道新聞短歌賞　雁書館・1986年）
第４歌集『十勝劇場』（雁書館・1991年）
第５歌集『夢のつづき』（砂子屋書房・1997年）
第６歌集『ペルシュロン』（ながらみ書房・1999年）
第７歌集『石の歳月』（雁書館・2003年）
第８歌集『野男伝』（本阿弥書店・2006年）
第９歌集『ポロシリ』（第60回読売文学賞・芸術選奨文部科学大臣賞　角川書店・2008年）
『時田則雄歌集』（砂子屋書房・1993年）
『続時田則雄歌集』（砂子屋書房・2008年）
エッセイ集『北の家族』（家の光協会・1999年）
エッセイ集『野男の短歌流儀』（本阿弥書店・2005年）
歌評『歌の鬼・野原水嶺秀歌鑑賞』（短歌研究社・2006年）

歌集　オペリペリケプ百姓譚《ひやくしやうたん》

二〇一二年十一月七日　印刷発行

著者――時田則雄《ときたのりお》
発行者――堀山和子
発行所――短歌研究社
東京都文京区音羽一―一七―一四　音羽ＹＫビル　郵便番号一一二―〇〇一三
電話〇三―三九四四―四八二二　振替〇〇一九〇―九―二四三七五
印刷所――豊国印刷
製本者――牧製本
カバー写真――鬼海弘雄
造本・装訂――間村俊一
定価――本体三〇〇〇円（税別）

ISBN978-4-86272-322-2 C0092 ¥3000E

短歌研究社　出版目録

＊価格は本体価格（税別）です。

歌集	天籟	玉井清弘著	A5判	二〇八頁	三〇〇〇円	〒二〇〇円
歌集	雨の日の回顧展	加藤治郎著	A5判	二〇八頁	三〇〇〇円	〒二〇〇円
歌集	睡蓮記	日高堯子著	A5判	一七六頁	三〇〇〇円	〒二〇〇円
歌集	卯月みなづき	武田弘之著	四六判	一七六頁	二六六七円	〒二〇〇円
歌集	世界をのぞむ家	三枝昂之著	四六判	二二四頁	三〇〇〇円	〒二〇〇円
歌集	ジャダ	藤原龍一郎著	A5判	二〇〇頁	三〇〇〇円	〒二〇〇円
歌集	明媚な闇	尾崎まゆみ著	四六判	一七六頁	二六六七円	〒二〇〇円
歌集	大女伝説	松村由利子著	四六判	一七六頁	二五〇〇円	〒二〇〇円
歌集	薔薇図譜	三井修著	A5判	二四〇頁	三〇〇〇円	〒二〇〇円
歌集	天意	桑原正紀著	四六判	一九二頁	二七〇〇円	〒二〇〇円
歌集	蓬歳断想録	島田修三著	A5判	二〇八頁	三〇〇〇円	〒二〇〇円
歌集	金の雨	横山未来子著	四六判	二三六頁	二八〇〇円	〒二〇〇円
歌集	あやはべる	米川千嘉子著	四六判	一九二頁	三〇〇〇円	〒二〇〇円
文庫本	馬場あき子歌集	馬場あき子著		一七六頁	一二〇〇円	〒一〇〇円
文庫本	島田修二歌集（増補『行路』）	島田修二著		二四八頁	一七一四円	〒一〇〇円
文庫本	塚本邦雄歌集	塚本邦雄著		二〇八頁	一七四八円	〒一〇〇円
文庫本	上田三四二全歌集	上田三四二著		三八四頁	二七一八円	〒一〇〇円
文庫本	春日井建歌集	春日井建著		一八四頁	一九〇五円	〒一〇〇円
文庫本	佐佐木幸綱歌集	佐佐木幸綱著		二〇八頁	一九〇五円	〒一〇〇円
文庫本	高野公彦歌集	高野公彦著		一九二頁	一九〇五円	〒一〇〇円
文庫本	続馬場あき子歌集	馬場あき子著		一九二頁	一九〇五円	〒一〇〇円
文庫本	前登志夫歌集	前登志夫著		二〇八頁	一九〇五円	〒一〇〇円